LA

FRANCE HÉRITIÈRE.

AUX FRANÇAIS.

———

Mes chers Compatriotes ,

Un vieillard se présente à vous, pressé par le besoin d'être utile à ses semblables; il vous apporte une bonne pensée, une de ces pensées fécondes qui peut changer le destin d'un empire ; il vous apporte aussi une expérience de cinquante ans, fruit d'une longue et honorable vie; expérience d'autant plus précieuse, qu'elle coûte toujours ; elle n'instruit les hommes qu'après les avoir frappés.

Enfant de 89, il a vu passer notre grande Révolution de France : manifestation terrible et expiatoire de mille années de troubles, de malheurs et de calamités; il a vu les excès de cette Révolution, sa gloire sans exemple, ses malheurs inouïs. Dans sa marche lugubre ou glorieuse, lente ou saccadée, il l'a vu tour à tour élever des empires et bientôt les détruire, conquérir des

couronnes, les distribuer et bientôt les repren-
dre; annoblir et illustrer le nom français dans
cent glorieuses batailles, et ensevelir tous ces
triomphes dans un dernier combat de fatale
mémoire; remplir nos musées d'objets d'art les
plus précieux, trophées de nos victoires, qu'un
ouragan formidable, venu du Nord, est venu
disperser dans sa fureur impétueuse.

Dans ces convulsions, des empires qui s'élè-
vent et succombent tour à tour, des nations qui
s'entrechoquent, des partis qui se déciment ou se
détruisent, des passions qui fermentent, des intérêts qui se combattent, nous avons vu cette tourmente révolutionnaire laisser sur sa route san-
glante, et briser dans sa fureur, monarchies
anciennes et nouvelles, républiques, confédéra-
tions des peuples, empire français : cet empire gi-
gantesque qui attirait tout à soi, et menaçait de
soumettre le monde, nous l'avons vu tomber avec
fracas dans une conflagration générale des peuples
soulevés contre lui, et nous avons vu les éclats de
ce trône foudroyé, aller briser des couronnes en
Hollande, en Allemagne, en Italie, en Espagne.

Du sein de ces tempêtes et au bruit du fracas
des nations qui se choquent et se brisent, nous
avons vu poindre une clarté nouvelle, lumière

céleste qui vient éclairer l'œuvre que Dieu sait tirer du chaos, et dégage peu à peu des ruines et des décombres des empires bouleversés : *la civilisation*, portant avec elles des idées nouvelles d'ordre et d'organisation sociale : civilisation, labeur des temps, but de toute société qui se travaille et se recompose ; équilibre moral et politique qui sort des révolutions, comme la paix des élémens sort des foudres et des tempêtes ; civilisation enfin, œuvre rude et pénible des siècles, qui entraîne et chasse devant elle, dans sa marche lente et mesurée, mais ferme et irrésistible, erreurs, préjugés, fanatisme et fausses croyances, féodalités, despotismes, puissances et couronnes usurpées. Cette civilisation s'avance brillante de lumières et forte de raison, luttant sans cesse contre ses détracteurs intéressés, les rois despotes et les égoïstes puissans ; et cependant, nous voyons des hommes orgueilleux, dont la vie éphémère comme la nôtre passe comme un songe dans l'immensité des temps, vouloir, dans des intérêts personnels, arrêter l'essor de la pensée, et dire aux nations : tout est bien, arrêtons-nous ? Et dans l'inanité de leurs folles illusions et de leurs pensées qu'ils disent immuables, vouloir, pour ainsi dire, se butter contre le monde qui marche dans la voie que Dieu lui a tracée. Ils ne savent donc pas, ces orgueilleux mortels, que si la raison publique est le fruit de l'expérience, l'expérience ne se forme que de combats et de résistances. Rien dans la nature ne se fait sans effort ou sans douleur, et le bien qui éclot dans le monde a été enfanté par les malheurs publics, par les fautes et les passions des hommes.

Tout dans la nature, l'homme et tout ce qu'il renferme en soi, le monde et tout ce qu'il contient, la politique, la morale, les sciences, se traitent, se gouvernent d'après le système du monde : la grande loi divine de la pesanteur, régulateur universel qui tient en équilibre les mondes qui peuplent les cieux et règle tout sur notre terre. Nous prenons tout dans la nature, les formes, les couleurs ; nous suivons sa marche ; elle nous donne ses instincts, ses règles ; nous exploitons ses trésors ; nous explorons ses secrets ; nous épions ses procédés ; et l'homme le plus composé des êtres, la merveille de la création, renferme dans son sein les secrets les plus admirables d'organisation et de composition ; il est le type et le prototype des plus belles formes, des phénomènes les plus admirables, intérieurs et extérieurs, des lois physiques et chimiques, de l'administration intérieure la plus sage, la plus positive, la plus régulière, la plus savante, la mieux ordonnée et la plus sublime qui soit dans le monde; et je dis avec assurance et la plus forte conviction, la société humaine, à son insu et d'instinct, se forme, s'administre, se régit d'après son système. L'état social qui approchera le plus de la perfection sera formé à son image, non dans la rigoureuse acception du mot, car dans les procédés les plus admirables que Dieu emploie pour créer, composer, décomposer, entretenir la vie dans les êtres et agiter la masse des mondes, rien n'est semblable, mais tout se tient, se lie, se gradue et sort de sa pensée divine, une et immuable.

Mes chers compatriotes, réunissons nos efforts pour aider ce grand œuvre d'organisation sociale, et utiliser, pour le profit de tous, les bienfaits qu'il nous promet.

Quant à moi, simple de cœur et de langage, je n'ai d'autre ambition que celle d'être utile à mon pays, et mon mérite ne consistera que dans mon courage à vous dire la vérité; je vous la dirai sans crainte et avec simplicité. La vérité n'a pas besoin d'ornement, elle porte en soi son éloquence. La vérité ne plaira pas à tous, elle dérangera des calculs tout faits, elle heurtera des convictions formées par l'habitude et l'ignorance ou consolidées par l'intérêt. Si je n'avais à parler qu'à une classe de la grande société, je pourrais, pour remplir ma tâche, flatter ses illusions ; je lui distribuerais la vérité avec mesure et suivant ses forces ; je connais tout le charme que donnent les illusions ; je sais que l'espérance, ce tonique de l'âme, ce grand nerf de la vie, de l'esprit qui réagit si fortement sur le corps, nous flatte sans cesse, nous trompe, nous amuse et nous mène mourir; mais ici, je viens parler à la nation tout entière : ce serait un crime de la tromper.

Mes chers compatriotes, assez et trop long-temps nous avons souffert ; chaque année, vous le savez, on nous fait de très beaux discours pour nous prouver que la nécessité des temps nous impose les mêmes sacrifices d'impôts, mais qu'à l'avenir nous serons soulagés d'un si pesant fardeau ; on en prend solennellement l'engagement, on nous fait les plus belles promesses, on nous donne du vague : c'est toujours avec du vague et des promesses qu'on endort et qu'on amuse les peuples. L'inanité de ces

espérances et cette manœuvre perfide et menteuse, nous rappellent avec douleur ces paroles
du grand *Bossuet:* « La vie n'est qu'un long en
« chaînement d'espérances trompées. » L'amélioration du sort de l'homme est cependant une
nécessité des temps, un commandement des lois
de la nature; ces lois poussent les hommes à se
rendre heureux, le devoir des gouvernans et des
législateurs est de remplir ce vœu de la nature.

Mes chers concitoyens, pour prévenir, autant
qu'il est en nous, le retour des impôts excessifs et
des folles dépenses, je vous donnerai une esquisse
des désastres qu'ils causent, des guerres intestines, des révolutions et des calamités qu'ils traînent à leur suite.

Je vous parlerai aussi des pauvres, des vieillards, des orphelins, des incurables, des insensés, des invalides de la guerre; enfin, de cette
cohorte d'êtres malheureux et souffrans, qui réclament au nom de Dieu les secours de la patrie
et de leurs frères. Je plaiderai avec vous la sainte
cause de l'humanité. Si les gouvernans ont leurs
créatures; si les rois ont leurs favoris, le peuple
a aussi les siens, qui sont les malheureux. Les
riches et les heureux de la terre s'en tiennent
trop éloignés pour les bien secourir.

Cet opuscule n'est pas jeté aux passions qui fermentent, aux partis qui se combattent, aux égoïstes endurcis, aux insoucians de l'avenir. Etendard de paix et de fortune, il sera reçu avec amour par tous les Français dignes de ce nom; il sera pour eux comme un gage de bonheur et l'espoir d'un bel avenir. Si nos gouvernans ne l'accueillent pas; si nos mandataires le repoussent, adressons-nous à Dieu, de qui émanent toute force et toute justice, il nous donnera le vouloir et le pouvoir; et quelque soit le sort réservé à notre pensée, soit qu'on la repousse, soit qu'on la néglige, si elle est acceptée et fécondée par le peuple, elle ne doit pas périr : une bonne pensée ne meurt jamais; pour la détruire, il faudrait détruire un monde.

LA FRANCE HÉRITIÈRE.

———

PROJET DE LOI

SUR LES SUCCESSIONS.

Mes chers compatriotes, nous demanderons au roi et aux législateurs :

Art. 1er. — Les successions au premier, second et troisième degrés, suivront leur cours ordinaire, d'après le Code civil qui nous régit.

Art. 2. — Les successions au quatrième, cinquième et sixième degrés, écherront à l'Etat. Le roi, au nom de la France, en prendra possession, pour composer le domaine public, et il les administrera suivant les lois du royaume.

Art. 3. — Les successions au septième degré et degrés suivans, indéfiniment, seront reçues par le roi, au nom de la France, pour composer le domaine de tous les hospices de France, sous quelque dénominations qu'ils puissent être désignés.

Art. 4. — Les successions vacantes, et celles en déshérences, seront régies par l'Etat, suivant les lois existantes pour les trois premiers degrés, et en cas d'héritiers au quatrième degré et suivans, elles suivront la chance des articles 2 et 3 du projet de loi ci-dessus.

Art. 5. — Le roi, au nom de laFrance, recevra les dons et legs faits, soit à l'Etat, soit aux hospices, de la portion de succession disponible des individus qui auront des héritiers en ligne directe.

Art. 6. — Le roi, au nom de la France, recevra les donations entre vifs que voudront faire, soit à l'Etat, soit à l'administration des hospices, les individus qui n'auront pas de parens dans les trois premiers degrés.

Art. 7. — Les époux se pourront faire des dons par contrats de mariage ou par testamens. Les donations entre vifs leur sont interdites.

Art. 8. — Les individus qui n'ont point d'héritiers en ligne directe, pourront adopter un ou plusieurs héritiers dans les formes légales d'adoption, et leur transmettre leurs biens.

Art. 9. — Un enfant naturel reconnu, héritera de ses père et mère, d'après les lois existantes.

ART. 10. — Un enfant naturel non reconnu pourra donner sa fortune, soit à l'Etat, soit aux hospices, soit à tout autre ; mais la moitié de sa fortune appartiendra de droit, soit à l'établissement public, soit à la personne qui en aura pris soin dans son enfance ; s'il meurt sans enfans et *ab intestat,* son bien appartiendra à l'Etat.

ART. 11. — Nul ne pourra donner son bien ou partie de son bien, soit par donation, soit par testament, à une personne célibataire, à moins que cette personne n'en ait pris soin dans son enfance.

EXÉCUTION.

La France aura un domaine public, tel qu'il existe aujourd'hui, qui sera administré par la direction générale des domaines actuelle.

Les hospices, hôpitaux, maisons de charité et autres établissemens créés et à créer, sous quelque dénomination que ce soit, seront régis et administrés par une direction générale des hospices de France, dont le siége sera à Paris.

Cette administration, nommée par le roi, aura sous ses ordres une direction par département, pour recevoir, liquider, apurer et régir les biens qui arriveront aux hospices de royaume.

Il sera nommé un conseil des hospices par arrondissement, pour en défendre les intérêts et signaler ses besoins à la direction du département.

Les biens échus aux hospices seront régis ou vendus après délibérations des conseils d'arrondissement, approuvées par les directeurs de département, et transmises par eux à l'administration générale, à Paris, qui les soumettra, après délibération, à la sanction royale.

Les fonds provenant des ventes mobilières et immobilières, ainsi que des revenus des biens laissés en régie, serviront d'abord à l'entretien annuel des hospices ; et, pour l'excédant, ils seront employés à l'érection et à la fondation de nouveaux hospices, ou à l'achat de rentes sur l'Etat pour accroître le domaine public des hospices du royaume.

JUSTIFICATION DU PROJET.

On a souvent émis la pensée, qu'au-delà du douzième degré, il n'y avait plus ni parens ni

affections; en vérité, ce serait faire trop d'honneur à l'humanité, que de croire que les affections de famille pussent aller jusqu'au douzième
degré, notre sympathie n'est pas aussi expansive et le foyer de notre cœur ne rayonne pas
aussi loin. Nous aimons nos enfans avec tendresse, sans doute; mais, il faut bien le dire,
souvent cet amour, justement apprécié, n'est
guère qu'une sensibilité empreinte plus ou moins
d'égoïsme. Nous aimons nos enfans parce qu'ils
sont *nôtres*, qu'ils sortent de nous, qu'ils doivent
transmettre notre sang, nos propriétés, nos titres, notre souvenir et ce que nous n'osons pas
avouer, nos traits, nos vertus et souvent nos
défauts, qui sont encore une portion de nous-
mêmes. Voyez quel grand intérêt la noblesse de
tout pays met à enrichir celui qui doit transmettre le nom, le titre et la splendeur de la
maison? et cela, souvent, sans grande affection.
Sans doute, les âmes douées d'une profonde
sensibilité aiment par sentiment, par tendresse
de cœur, mais les intérêts humains se mêlent
au sentiment et souvent le dominent, Dieu l'a
voulu ainsi pour qu'ils puissent le corroborer et
même pour le suppléer quand il n'existe pas.

Disons donc qu'en ligne directe il y a sang et

affection , et si l'affection n'existe pas, la loi la suppose.

Qu'entre frère et sœur, il y a sang et affection.

Qu'entre oncle et neveu (lignage du père), le même sang existe; qu'entre oncle et neveu (lignage de la mère), le sang ne coule plus directement par le père, mais indirectement par la mère, néanmoins l'affection est pleine et entière. Ici finit le sang et le plus souvent les affections.

Les successions ci-dessus continueront de suivre leurs cours légal.

Ici finira la petite famille et commencera la grande famille de la France.

Mes chers compatriotes, vous conviendrez avec moi qu'en suivant la filiation de parenté, comme on l'a fait jusqu'à ce jour, au-delà du troisième degré, il est vraiment déplorable de voir tomber des héritages entre les mains de gens qui n'y comptaient pas, qui, peut-être, sourient de pitié de voir la loi leur apporter les dépouilles de personnes qui leur étaient indifférentes on inconnues, ou peut-être ennemies. Par notre projet, le bien arrive à ceux qui y ont droit par le sang, par affection naturelle, et si c'est par donation ou par testament, le bien vient à son adresse. Point de hasard, point d'affections supposées, de parenté incertaine, point de procès ; tout est positif, tout est juste. Ici point d'arbre généalogique à consulter : idéolologie de hasard.

Les biens arrivant à l'Etat et aux pauvres, quand les liens du sang sont rompus, ne suivent-ils pas leur cours naturel? En revenant à la patrie, ces biens retournent à leur source, semblables à un fleuve qui a porté la vie et l'abondance dans les pays qu'il a parcourus, va, au bout d'une course ondoyante et vagabonde, se réfugier au sein des mers dont il est sorti, comme pour rendre à sa mère l'existence qu'il en avait reçue. Je le répète, l'hérédité doit s'arrêter où finit le sang. Une loi inexcusable, imprévoyante, a pu seule déshériter la patrie de ce qui devait lui revenir à juste titre, les droits du sang acquittés, qui oserait dire que la patrie, notre mère commune, qui fait battre tous les cœurs généreux, que nous défendons au péril de nos jours quand elle est attaquée, qui dispense la gloire à ses défenseurs et leur distribue des couronnes, n'a pas plus nos affections que des personnes que souvent nous ne connaissons pas, que quelquefois nous n'aimons pas, qui reçoivent nos biens comme un don du hasard, sans reconnaissance et peut-être avec la joie d'une ironie amère. Les nations qui subissent une pareille loi se dénient elles-mêmes; elles se déshéritent niaisement. Ne vaut-il pas mieux que les biens reviennent à la patrie, notre mère à tous, centre et âme de notre société, qu'à des individus qui n'ont, pour recevoir un tel bienfait, ni la nature, ni la justice, ni la volonté du propriétaire.

Cet impôt sur les successions est d'autant plus acceptable qu'il ne peut nuire à personne, ni à l'agriculture, ni à l'industrie. Point d'huissiers, point de poursuites d'aucune espèce, nulles entraves; c'est l'impôt de nature. La mort se charge de le prélever sur l'un et l'autre sexe et à tout âge : c'est une source intarrissable d'or qui coule sans cesse, l'Etat n'a qu'à tendre la main et le recevoir.

Mes chers compatriotes, ce projet de loi sur les successions que je vous propose et que vous saurez apprécier, ne vient pas de moi; je n'ai ici que le mérite de le mettre en évidence, de vous en faire sentir l'importance et de vouloir, avec votre aide, doter la France de l'institution la plus grande, la plus généreuse, la plus magni-

fique qui soit jamais sortie de la tête et du cœur
des hommes, je vais vous montrer que dans les
anciens temps, sous les Grecs, sous les Romains,
sous nos anciens rois, on a vu poindre cette
grande pensée et que, dans notre temps, des ora-
teurs célèbres et des économistes distingués l'ont
présenté à notre génération sous l'autorité de
leur nom et l'ont déjà fécondée par la puissance
de leur talent.

Dans la république d'Athènes, où le peuple
était souverain, on n'avait pu songer à établir
des impôts sur les propriétés et sur les personnes. Ces deux branches de revenus si importan-
tes dans les états modernes, manquaient donc
au gouvernement de cette époque; il y suppléait
par les revenus des domaines de l'état, par le
produit des amendes et des confiscations. La
plupart des revenus publics des Athéniens étaient
affermés à des compagnies par adjudications
publiques.

Vous le voyez, mes chers compatriotes, le
gouvernement grec, en ce temps, n'avait point
encore songé à établir des impôts sur les personnes et sur les propriétés, mais il avait des
domaines affermés, il était déjà propriétaire et
capitaliste comme serait le nôtre si l'impôt sur

2

les successions était adopté, notre état est bien
propriétaire de forêts et de quelques domaines,
mais ce fonds diminue chaque jour, et nous
sommes toujours en crainte de voir vendre nos
forêts qu'il est si nécessaire de conserver.

Des Athéniens il faut passer aux Romains
pour trouver quelques notions pratiques en matière de finances. Tant que dura la république
romaine, les dépenses étaient modiques, et les
tributs imposés aux vaincus par cette nation
belliqueuse, suffirent en grande partie à dé-
frayer l'État de ses dépenses publiques. Mais
quand, par suite de ses conquêtes, Rome fût
devenue un vaste empire et que le gouvernement
de l'état se fût compliqué; quand le luxe eût
multiplié les besoins et qu'il fallut solder une
nuée de fonctionnaires et d'employés, pourvoir
à l'approvisionnement d'une capitale remplie
d'un peuple oisif, à l'entretien d'armées consi-
dérables; enfin, quand une cour impériale en-
gloutit des trésors immenses, il fallut régulariser
les recettes et les dépenses de l'État, et s'assurer
des ressources permanentes; en un mot, il fallut
devenir financier, c'est alors qu'aux charges
déjà existantes en furent ajoutées de nouvelles;
l'État perçut une quotité de revenu territorial,

des capitations, des péages, *le vingtième sur les successions*, un impôt sur les affranchissemens, etc.

Vous le voyez, le besoin créa des impôts. L'impôt se porta tout naturellement sur les revenus de la terre et cet impôt enfanta tous les autres. Remarquez-le bien, mes chers compatriotes, si le gouvernement romain, au lieu de mettre un impôt sur le revenu de la terre, se fût tout d'abord emparé des successions au quatrième degré, *au lieu de se contenter du vingtième sur ces successions*, le règne des impôts n'eût probablement jamais existé, et la société entière n'aurait pas éprouvé ce déluge de calamités qu'il a fait naître. A quoi tient le bonheur ou le malheur des peuples !

A Rome, sous *Auguste*, la loi *Papia-Poppea* confisquait, au profit du trésor public, *les successions collatérales* et les legs en faveur des célibataires. — Cette loi fut mal observée ; voilà, vous le voyez, l'impôt sur les successions que nous demandons.

Suivant la loi *des douze Tables*, on ne reconnaissait pour héritiers que les héritiers *siens* ; c'étaient les *agnats*, c'est-à-dire les parens par mâles de la famille qui recueillaient la succession exclusivement aux parens par femmes, aux enfans émancipés, à la mère du défunt, etc.; enfin, au défaut des héritiers *siens* et d'*agnats,* la succession était dévolue aux parens du côté des femmes, appelés *cognats.* Plus tard, et à mesure qu'on s'éloigna de la rudesse des premiers temps, le sénatus-consulte *Tertyllien* admit les mères à la succession de leurs enfans, et le sénatus-consulte *Orphilien* admit les enfans à la succession de la mère.

Vous le voyez, mes chers compatriotes, par cette loi romaine *des douze Tables,* les descendans du père étaient seuls héritiers, ce n'est que par la suite et par extensions successives que les mères fûrent admises à hériter de leurs enfans, puis les enfans à hériter de leur mère.

Faisons ici une remarque qui vous frappera: c'est dans les premiers temps de la République romaine, que les choses se passaient ainsi; les mœurs étaient sévères, la patrie était la grande famille, elle était tout; on ne voyait qu'elle, on se sacrifiait pour elle. Par la suite des temps, les mœurs s'étant adoucies, puis relâchées, la patrie s'effaça dans les cœurs; le hideux égoïsme remplaça l'amour de la patrie, les lois affaiblies par les mœurs et les mœurs par les lois, livrè-

rent la grande famille à l'avidité toujours croissante de la petite famille qui, depuis ce temps,
n'a plus vu dans la patrie qu'un être de raison
pour laquelle la jeunesse généreuse donne encore sa vie dans le danger, mais à laquelle l'é-
goïsme refuse son argent ou ne le donne qu'à
regret.

Poursuivons : par la loi *Voconia*, les petits
enfans venant de la fille furent admis à la succession de leur aïeule maternelle, d'abord sous
la réserve d'un quart pour les *agnats*, ensuite
pour la totalité.

Enfin, *Justinien*, par *ses Novelles* 118 et 127,
abolit toute distinction entre les *agnats* et les
cognats, et appela à l'hérédité, avec une parfaite
égalité de droits, les parens par mâles et ceux
par femmes, les descendans des fils et ceux des
filles.

Justinien fit jusqu'à un certain point la part
du sang et du sentiment; l'extension que nos
lois ont donné depuis à l'hérédité dans la petite
famille, a déshérité la patrie; cette exhérédation
est aussi extrême que la loi des *douze Tables*
était restreinte. Dans le milieu se trouvera le
juste et le vrai.

Mes chers compatriotes, nous demanderons à

la loi d'élargir un principe qu'il faut consacrer pour le bonheur de tous : celui de donner à l'État ce qui n'appartient à personne, de déclarer la France héritière de celui qui n'a plus d'héritier de son sang; de déclarer acquises au trésor public les successions au-delà du troisième degré dont on n'aura pas disposé par testament, donations entre vifs ou par adoption d'héritier, et cela par la raison qu'en donnait à la chambre des députés le savant M⁰ Dupin, parlant au sujet des dépôts d'argent qui ne trouvaient pas d'héritiers et qu'il disait appartenir de droit à tous ; c'est par la raison, disait-il, qu'en donnait la loi romaine : « *Que le peuple est présumé* » *le père de tous, populus parens omnium,* » *hæridatem capiebat.* »

En France, nos premiers rois ajoutaient à leurs domaines particuliers les biens tombés en déshérence.

Dans les premiers temps de la monarchie, dès le temps de *Charles-le-Chauve* et de ses successeurs, on ne peut ouvrir les recueils de diplômes, nous a dit le savant professeur *Guizot,* « sans y rencontrer, à toutes les époques, des » concessions de bénéfices à vie. Dans les pre- » miers temps, cette condition n'est pas formel-

» lement exprimée, mais il est évident qu'elle
» est presque toujours sous-entendue, et les
» exemples *des bénéfices qui retournent au fisc*,
» après la mort du possesseur, sont continuels.;
» à dater des rois Carlovingiens, de nombreux
» diplômes déclarent expressément que le béné-
» fice dont il s'agit *est concédé à vie*. Et plus
» loin, M. *Guizot* nous dit : *Charlemagne* s'ef-
» força d'empêcher les possesseurs bénéficiaires
» de se transformer en possesseurs héréditaires;
» *Louis-le-Débonnaire* aussi; mais le moment
» approchait où les bénéficiers allaient définiti-
» vement conquérir la pleine propriété de leurs
» concessions.»

Ainsi parle M. *Guizot*, et moi j'ajouterai et
je vous dirai, mes chers concitoyens, ainsi il
arrive toujours, quand les lois ne tracent pas à
chacun son devoir; accordez des *bénéfices à vie*
à des hommes puissans, ils en feront leurs propriétés; accordez-leur des grâces, ils en feront
des droits ; mettez des hommes sous leur dépen-
dance, ils en feront des esclaves; donnez-leur
un pouvoir illimité, il dégénérera bientôt en
tyrannie; s'ils obtiennent de grandes distinc-
tions, sans les avoir méritées, ils deviendront
orgueilleux; si vous leur donnez une grande for-

tune ils deviendront égoïstes et insolens. Ayon[s] des lois positives et rigoureusement exécutées, et nous ne verrons plus de si déplorables excès.

C'est ainsi que la société, devenant plus rafinée, les mœurs plus perverties, ces puissans de la terre, dans leur égoïsme et l'orgueil de leurs castes, ont voulu transmettre leurs noms et leurs biens en consacrant le droit d'aînesse dont nos nouvelles lois ont fait justice. Que les Français conservent bien l'égalité des droits que la révolution nous a donnée, c'est le don le plus précieux qu'elle ait pu nous faire. L'égalité vaut encore mieux que la liberté; les peuples ont souvent conquis la liberté, mais jamais l'égalité; il nous fallait, à nous autres Français, une révolution au 18e siècle pour l'obtenir, ou du moins pour en obtenir le principe, il ne faut que de la force pour secouer sa chaîne; il faut bien autre chose pour détruire de mauvaises lois.

Pour justifier de plus en plus notre projet, qui abolit le droit de succession au-delà du troisième degré, je vais m'appuyer sur les opinions des anciens et des nouveaux législateurs et des économistes modernes.

Lycurgue, par ses lois sévères, *abolit la faculté de tester;* quant aux biens, il les partagea égalementment entre tous les citoyens. Cette tentative de loi agraire lui coûta un œil qu'il perdit dans une sédition, ainsi il arrivera toujours malheur à ces fous qui voudraient partager les biens qui ne leur appartiennent pas ; la loi agraire a été impossible de tout temps ; elle est bien plus impossible aujourd'hui, que les propriétés sont divisées à l'infini et que les mille industries que nous possédons sont de réelles propriétés. Une loi d'irruption et de partage sur les biens aurait aujourd'hui la durée de vingt-quatre heures.

C'était déjà sous la Convention que *Saint-Just* avait émis la pensée « que le domaine public est » établi pour réparer l'infortune des membres du » corps social, et que les collatéraux autres que » les frères et sœurs ne doivent pas hériter. »

Nous allons mettre sous vos yeux, mes chers concitoyens, l'un des meilleurs argumens que nous puissions vous offrir en faveur de notre projet. *Mirabeau*, notre grand orateur de l'Assemblée constituante, voulant sans doute racheter, devant Dieu et devant les hommes, les désordres de sa vie, remit à son lit de mort, à *Talleyrand*, son dernier discours, dont la lecture fut faite à l'Assemblée constituante après sa mort.

Dans ce noble discours il est dit « que la na-
» ture n'a rien créé pour certains individus,
» mais qu'elle a tout fait pour tous les hommes
» en masse. — Que le droit de propriété est ins-
» titué, non par la nature, mais pour la société
» et par la loi. — Que la loi pourrait s'emparer
» des successions au profit de la société tout
» entière. — *Qu'elle peut permettre ou interdire*
» *au propriétaire de disposer de ses biens par*
» *testament.* — Qu'il est convenable de laisser
» les successions aux parens. Qu'il est convena-
» ble aussi de ne pas permettre au père de dis-
» poser de plus d'un dixième de ses biens quand
» il a des enfans.—Mais que pour établir l'éga-
» lité que la constitution proclame entre tous les
» citoyens, et qui doit exister surtout entre frères
» et sœurs, il est nécessaire d'ordonner que les
» enfans partageront dans une parfaite égalité.»
C'était bien, en face de la mort et en face de
Dieu, la voix de la conscience et de la justice
qui arrachait ces nobles pensées à *Mirabeau !*
Cet homme, orgueilleux de sa nature et fier de
sa naissance, qui ne s'était mis à la tête de la
démocratie que parce que, rebuté par sa caste,
il fallait à son génie la force populaire, vient demander à la loi le partage des biens entre les

enfans et résilier ainsi le droit d'aînesse, conservateur des titres et des fortunes nobiliaires; certes, voilà une grande et belle action qui rachète bien des torts! Ce dernier vœu de *Mirabeau* fut réalisé par la Convention, le 7 mars. Cette assemblée abolit, par un décret, la faculté de tester et ordonna que tous les descendans auraient une portion égale dans les biens des ascendans; mais voulant calmer les inquiétudes des propriétaires, la Convention prononce, le 18 mars, la peine de mort contre quiconque proposerait la loi agraire.

M. *de Courdemanche*, avocat à la Cour royale de Paris, nous viendra aussi en aide. Dans son ouvrage *sur les bases de l'ordre social*, il propose plusieurs mesures législatives, entreautres: après avoir traité d'une manière supérieure la question de *l'impôt progressif*, dont il fait voir toute la justice en même temps que la possibilité d'application, il termine en présentant *un système d'impôts sur les successions* collatérales qui, combiné avec l'abolition du droit de succéder au-delà du sixième degré, ferait entrer dans le trésor de l'État des sommes plus que suffisantes pour permettre d'abolir tous les autres impôts qui nuisent à la production.

Voici un document précieux que nous apporte M. *Émile Péreire;* dans sa brochure sur l'assiette de l'impôt, il nous offre le tableau « des
» mutations entre collatéraux et entre personnes
» non parentes, opérées en France en 1830,
» (voir le tableau); lorsqu'on examine attentive-
» ment ces résultats, on peut apprécier, dit
» M. *Péreire, à quel point sont faibles les liens*
» *de parenté au-delà du quatrième degré et jus-*
» *qu'au douzième,* puisque les mutations qui en
» ont été la conséquence ont été de beaucoup
» inférieures (34 millions 701 mille 325 francs),
» à celles qui ont été effectuées au profit de per-
» sonnes non parentes (51,337,993 francs), no-
» nobstant l'aggravation de droits qui frappent
» ces dernières. »

Voilà, mes chers compatriotes, notre projet complètement justifié par l'expérience, moralement et matériellement.

M. *de Tracy* se prononce formellement pour la prohibition presque entière de la liberté de tester comme la base éternelle des vertus domestiques, de la paix des familles et de la bonne éducation.

En poussant trop loin la défense de tester, ne serait-ce pas refouler dans les cœurs et dans la conscience les sentimens d'affection et de reconnaissance? Je pense que, par notre projet sur les successions et sur la liberté de tester, j'ai satisfait à toutes les exigences du sentiment.

Par l'article 11 de notre projet, j'interdis toutes donations, sous quelque formes et de quelque nature qu'elles puissent être faites, à des célibataires, et dans cette catégorie, je comprends les prêtres et toutes personnes attachées à un culte. Je veux les adorateurs de Dieu purs de tout intérêt humain dans l'intérêt de la religion et du ministère sacré qu'ils remplissent.

Valentinien I, empereur d'Occident, plein de vénération d'ailleurs pour l'épiscopat, opposa une barrière aux clercs et aux moines intéressés, en leur défendant de fréquenter les maisons des veuves, des orphelins, et en déclarant dévolues au fisc les donations qu'une femme leur ferait, sous prétexte de piété, même par testament.

Du temps de *saint Jérome*, il existait une loi faite par des princes chrétiens, qui interdisait aux prêtres et aux moines d'être légataires, pour mettre un frein à leur avarice.

Nous aurions bien d'autres citations à l'appui de celles-ci, mais je les crois inutiles, vous devez être suffisamment édifiés sur ce point.

AVANTAGES.

———

L'un des grands avantages de notre bienfaisant système serait, en faisant arriver par les successions collatérales dans les trésors de l'État une grande partie de l'argent et des propriétés de la France, d'empêcher ces fortunes gigantesques, qui pourraient faire, comme au temps des seigneurs féodaux et des grands vassaux de la couronne, des ennemis dangereux des rois et des peuples; et aussi, en portant secours aux classes indigentes, arrêter la grande misère qui fait aussi des ennemis constans des rois et des riches. L'extrême misère, comme la trop grande fortune, font des criminels de haut et bas étage. Le pauvre veut de l'argent et le riche veut le pouvoir, les places, les titres et les priviléges. L'État, devenu grand capitaliste, serait le régulateur et le modérateur de la fortune de tous.

Jusqu'à présent on n'a pu donner au pauvre sans ôter au riche. Par notre projet, le pauvre serait soulagé sans qu'il en coutât rien à per-

sonne. La charité des belles âmes aurait encore
à s'exercer sur les malheureux isolés, dont la
misère est un secret.

En créant une administration des hospices
dotée et largement entretenue, on en ferait un
saint écoulement de la fortune publique, d'où
sortiraient les joies de ce monde et les faveurs
célestes, car faire du bien c'est appeler la protection du ciel. En agrandissant la voie de la circulation des bienfaits, le gouvernement se ferait
aimer et respecter de tous. Il recueillerait en
amour et en bénédictions les intérêts de sa
créance. En assurant une vie heureuse au pauvre, il rendrait au malheur sa dignité. Le pauvre ne tendrait plus la main, c'est la patrie qui
lui tendrait la sienne ; et cette patrie qu'il ne
connaissait pas lui deviendrait chère ; il accep-
terait ses dons sans rougir, sans baisser la tête
comme on le fait devant l'aumône ; il recevrait
avec reconnaissance et tendresse, comme on reçoit un bienfait de sa mère. Sa tête, si long-temps
courbée sous le joug du malheur, se relèverait
indépendante et fière d'avoir recouvré son titre
d'homme ; il ne se verrait plus le rebut de la
société ; il se considérerait comme un enfant
malheureux de la grande famille.

Le sort des pauvres assuré, on pourra cons-
truire des prisons et des maisons de détention
plus saines, des dépôts de mendicité, des salles
d'asile, des hospices et des maisons de refuge
pour les pauvres vieillards, les infirmes, les incurables, les orphelins, et donner à ces établissemens une destination plus rationnelle et plus humaine. On pourra fonder de bonnes écoles pour
l'enfance, et des fermes modèles pour les cultivateurs. On pourra donner des secours à domi-
cile. On pourra détruire pour toujours le fléau
de la mendicité, qui ravale les hommes à l'égal
des chiens qui cherchent une proie, et à qui la
faim donne aussi la rage. On pourra anéantir ou
refouler ces bandes errantes et voleuses de mendians, espèces de Bohémiens de notre temps, qui
viennent dans nos campagnes imposer leur rui-
neuse et dangereuse présence à des cultivateurs
isolés, qu'ils viennent chaque année dans leurs
courses vagabondes et périodiques, assujétir à
un impôt de garnison qu'il leur faut subir, dans
la crainte des vols et surtout des incendies.

La possession de nouveaux trésors nous per-
mettrait de mettre à bas ces lignes de douanes
qui gênent la libre circulation des peuples, qui
font de nos voisins nos ennemis, et glacent des

mains qui ne demanderaient pas mieux de se serrer. Ainsi les gouvernemens, pour avoir de l'or, qu'ils rendent à leur tour comme par échange de malheurs, divisent les peuples et les irritent.

Oui, un bon gouvernement, propriétaire et riche capitaliste, viendrait au secours de toutes les industries et de l'agriculture; il serait la providence de tous. Son premier soin serait de détruire l'usure, cette lèpre des campagnes, ce chancre rongeur des villes, et l'un des plus grands fléaux de l'humanité.

On pourrait établir avec plus de fruit, et dans une large mesure, des écoles dans les campagnes pour porter la lumière dans les intelligences, et détruire, s'il se peut, cette ignorance des anciens temps, aussi vieille que le monde, et par suite les maladies morales les plus déplorables qu'elle engendre; les superstitions les plus honteuses et les plus dégradantes, les crimes qui en sont la suite, les folies de toute espèce; car il a été constaté que l'amélioration du sort des classes pauvres diminue les maladies mentales qui les affectent de préférence. Une civilisation toujours croissante adoucirait les mœurs, détruirait les habitudes grossières et vicieuses, en nous conduisant insensiblement à la perfection morale. Nous aurions des logemens plus sains et plus commodes, une nourriture plus saine et plus abondante, des voies publiques plus larges et mieux entretenues, une circulation des hommes et des choses plus active; enfin, le peuple plus éclairé, plus industrieux, plus moral, prendrait l'habitude de s'instruire et de se perfectionner en toutes choses. L'homme plus heureux retrouverait sa conscience, que la misère lui a fait perdre; plus instruit, et partant plus sage, il ouvrirait les yeux aux notions du bien, du juste, du beau; il se donnerait la paix de l'âme, le bien le plus précieux de la vie; ce bien qui nous donne le courage de supporter les peines et les tribulations qui nous assiégent sans cesse. Heureux, autant qu'un être mortel peut l'être, il penserait à Dieu, notre père commun, qui illumine toujours celui qui le regarde, et lui donne le désir et l'espoir d'une vie éternelle.

Nous pourrions détruire le monopole universitaire et l'impôt levé sur les journaux, ces aqueducs de lumières et d'intelligence; impôts levés sur ce que l'homme produit de plus noble, sur la pensée. Ne dirait-on pas que le pouvoir a jusqu'ici cherché sa force et sa vie dans tous les élémens de destruction? A le voir aller, si Dieu ne

veillait sur nous, la société serait bientôt détruite.
Il impose le travail, et l'oisiveté ne paie rien; il
impose la science, l'ignorance ne paie rien; le
père de famille, le travailleur, l'homme de mœurs
et de conduite, paie l'impôt pour sa femme, ses
enfans, ses domestiques : toutes ses vertus sont
pour ainsi dire imposées, et le célibataire oisif,
dont la vie n'est souvent qu'une suite alternative
de paresse, d'égoïsme, de séductions et de folles
jouissances, ne paie rien à l'Etat pour ses vices.

L'Etat capitaliste pourrait élargir le cercle des
pensionnaires de l'Etat, la somme des récom-
penses nationales et les secours aux malheureux
frappés par les désastres de la nature; il pourrait
doubler le traitement des ministres de la religion que nous laissons à la merci des communes.
On leur donne peut-être assez pour vivre, mais
on ne leur donne pas pour faire le bien et exercer dans sa plénitude leur ministère de charité :
celui qui fait chérir la religion et attire sur le
prêtre le respect e la considération.

Et si nous parvenons à supprimer les mauvais impôts, nous pourrons rendre à l'agriculture, à l'industrie, aux arts, à la guerre,
trente-cinq mille hommes que les douanes et

l'impôt sur les boissons emploient au détriment de la société.

Mes chers compatriotes, ce sont les folles dépenses qui enfantent les impôts excessifs, et les impôts excessifs enfantent à leur tour les folles dépenses.

L'un des plus grands bienfaits de notre projet serait, en faisant la fortune de la France, de nous délivrer pour toujours des effets désastreux causés par les impôts excessifs, par les mauvais impôts. Vous dire les malheurs, les troubles, les séditions, les guerres intestines causés par les impôts, serait vous renvoyer à notre histoire de France tout entière qui est, pour les trois quarts, remplie de malheurs de cette espèce. Les guerres et les luttes de nos rois avec les peuples, des seigneurs féodaux entre eux et avec leurs vassaux, des villes contre les villes, des puissants contre les faibles ; enfin les massacres, les dévastations, les incendies, les famines et les malheurs de toute espèce qui ont tour à tour et pendant des siècles désolé la France, n'ont guère eu pour cause que la misère des peuples irrités et affamés succombant sous le fardeau des impôts.

Aujourd'hui, il faut le reconnaître, depuis le

consulat jusqu'à ce jour, on a mis successive-
ment un ordre admirable dans nos finances;
mais les dépenses, par diverses causes, s'étant
augmentées dans une effrayante proportion, les
recettes ont dû augmenter pour y satisfaire.
Cet état de choses doit un jour amener la ruine
de la France, ou causer de nouvelles révolutions, effets inévitables d'impôts insupportables.
Je vais, mes chers compatriotes, vous donner
une esquisse des malheurs causés par les impôts
excessifs et les folles dépenses des anciens temps.

La *taille*, qui du temps des anciens rois de
France était le plus arbitraire, le plus perni-
cieux comme le plus inique des impôts, en com-
prenant sous ce nom toute capitation ou co-
tisation personnelle, arbitraire, nous fournit d'a-
bord une infinité d'exemples de maux causés
par ses rigueurs. Combien de fois n'a-t-elle pas
compromis l'autorité royale !

Son premier coup de malheur fut de renver-
ser du trône *Chilpéric*, père de *Clovis*, et quelque temps après, ce désastreux impôt de la taille
coûta la vie à *Childéric*, assassiné par un gentil-
homme français; un pareil impôt, sous *Philippe
Auguste*, causa un soulèvement parmi la noblesse.

Et dans ces premiers temps de la monarchie, où les peuples n'étaient pas encore façonnés aux impôts, c'était hardi que d'oser augmenter la taille ; il se trouva cependant des gens qui eurent ce triste courage, ils s'en repentirent, ils se le reprochèrent au point d'en ressentir de violens remords contre lesquels, suivant l'esprit du temps, ils se munirent de bulles d'absolution du pape. *Saint Louis* n'enjoignit rien si fortement à son fils que de ne jamais lever d'impôts sur ses sujets contre leur gré et sans leur consentement. *Philippe-de-Valois*, qui voulut s'affranchir de ce scrupule, vit ses principales villes soulevées contre lui. Sous *Charles VI*, l'un des plus grands embarras de son règne provient d'une taille répartie par têtes sans assemblées d'états ni consentement des peuples.

Sous les régences de *Marie de Médicis* et d'*Anne d'Autriche*, il y eut faiblesse, incapacité et gaspillage des finances; les impôts augmentés par *Mazarin*, ministre d'Anne d'Autriche, soulevèrent le peuple qui prit une part active aux troubles de la Fronde.

Mes chers compatriotes, vous le voyez, les impôts excessifs ont causé les malheurs des anciens temps de notre monarchie. Les gouvernemens despotiques et les rois dissipateurs ont toujours ruiné les peuples et ramené les crises financières. C'est alors que les gouvernemens perdent toute pudeur, comme il arrive le plus souvent aux hommes ruinés par leurs fautes. N'a-t-on pas vu, sur la fin du règne *de Louis XIV*, ce roi, pressé par le besoin d'argent, mettre un impôt sur les baptêmes et sur les mariages : impôt odieux qui amena les pauvres à se marier et à baptiser leurs enfans eux-mêmes. Cet impôt fit naître des séditions : voilà le fruit des mauvais impôts, et c'est sous un grand roi, sous un monarque si vanté, que le peuple succombe sous des impôts aussi déplorables. Si ce grand roi eût moins aimé la guerre, les femmes et les palais somptueux, la fin de son règne eût été digne de son commencement. Vous allez voir où peuvent entraîner les folles dépenses: dans les dernières années de ce règne célèbre, mais trop célèbre (en 1709), on avait été obligé de recourir aux traitans qui, comme toujours, prêtent à l'Etat à gros intérêts; on fit des papiers dont on paya d'abord les intérêts, puis on suspendit le paiement; puis ces papiers perdirent 75 à 80 pour cent, on les plaça en rentes sur la ville et on en retrancha les deux tiers. Ce règne fastueux de *Louis XIV* avait légué à son successeur une dette de plus de trois milliards, des ressources fiscales usées, des billets d'état dépréciés. On ne savait plus comment se tirer de ces embarras, même après avoir réduit la masse des rentes et fait rendre par les traitans une partie des gains énormes qu'ils avaient réalisés dans leurs opérations. Voilà la marche que suivent les gouvernemens obérés et les suites funestes d'une coupable administration des finances. Comme les mêmes fautes amènent les mêmes catastrophes, nous avons vu que, sous *Louis XV*, les billets de *Law* et dans notre révolution les assignats, le tiers consolidé et toutes ces crises financières qui engendrent les révolutions ou qui en sortent, sont les produits des dépenses inutiles, de la rapacité des courtisans, des dilapidations, des gaspillages des deniers publics et des guerres injustes et ruineuses : voilà ce que produisent en tout temps et en tout pays les mauvais gouvernemens et les administrations des finances coupables, immorales et ruineuses. Poursuivons : *les vépres siciliennes*, ce massacre des Français dans la Sicile, n'a-t-il pas été causé par des impôts ? c'est à *Charles d'Anjou*, à ses impôts à sa tyrannie, pendant dix-sept ans dans la Sicile, que la France vit périr dans le massacre des vêpres siciliennes huit mille de ses enfans.

Après les guerres, les troubles, les séditions causés par les désordres dans les finances, viennent les révolutions, nous en avons de terribles exemples. Si je vous disais, mes chers compatriotes, que ce fut un droit *sur le thé* qui donna le branle à la révolution d'Amérique. *Lord North*, cédant à des conseils perfides, ordonna, en 1774, des mesures sévères et aggrava le mal causé par cet impôt au lieu de le réparer. Les citoyens de *Massachusset*, pour secouer le joug des Anglais, firent un appel aux Américains. La providence, qui fait sortr le bien du mal comme du mal elle fait sortir le bien, a permis qu'un état libre et heureux sortît de la lutte des Américains contre les Anglais.

L'un des premiers motifs de notre grande révolution française ne fût-il pas la pénurie de nos finances? Le fardeau des impôts était devenu insupportable; le vase était plein, il allait se répandre, il ne tarda pas. Le parlement de Paris refusa d'enregistrer les nouveaux édits du timbre et de la subvention territoriale, et renvoya, pour ces impôts, comme pour toutes les autres charges publiques, le roi *Louis XVI* aux états-généraux : c'était envoyer le malheureux roi à ses ennemis, à l'échafaud, comme une victime innocente des abus de la vieille monarchie et des fautes des rois ses prédécesseurs.

Mes chers compatriotes, ce n'est qu'à la longue et épuisés par de grandes souffrances que les peuples exaspérés se jettent de désespoir dans l'abîme des révolutions, mais avant de prendre ce remède héroïque, qui doit les perdre ou les sauver, ils souffrent longtemps de ces impôts immoraux et excessifs qui portent le trouble dans la grande société et démoralisent les peuples. L'impôt mis sur les boissons n'a-t-il pas rompu le lien social qui unit les populations de la France ? pour s'y soustraire ou pour y faire face, les provinces se sont isolées les unes des autres. Chacune, de son côté, a demandé des primes d'encouragement pour ses produits et des charges sur les produits des autres.

Il ne faut point de monopole et l'État moins que tout autre ne doit point l'exercer ; car en ce cas, il fait des ventes forcées et partant injustes. Il attente aux droits des négocians patentés, et au lieu de protéger, ce qui est son devoir, il attaque l'industrie. Et cependant, nous voyons l'Etat exploiter les eaux salées, les marais salans; il en fait la vente exclusive et cette marchandise dont il s'est emparée au détriment de tous, puisque c'est Dieu qui nous la donne, devrait en bonne justice être vendue et livrée au public suivant sa valeur d'extraction.

Et la protection que le gouvernement accorde au commerce par les impôts qu'ils met sur les marchandises étrangères, n'est-ce pas aussi un monopole accordé à ses créatures, à ses amis? Enfin n'est-ce pas un privilége? et cependant, nous avons fait une grande révolution pour détruire les priviléges.

Mes chers compatriotes, nous voyons bien encore quelques traces des priviléges féodaux, mais aujourd'hui que l'argent donne fortune, considération, noblesse et les hauts emplois, chacun veut s'enrichir aux dépens des autres. Il faut satisfaire à la cupidité des grands manufacturiers, des maîtres de forges, des propriétaires de bestiaux et de grande culture. N'est-ce pas à cette faiblesse de nos gouvernans pour ses créatures que nous voyons avec crainte surgir, au milieu d'une nation qui se croyait affranchie, une féodalité nouvelle plus odieuse

que l'ancienne, qui était du moins un produit
de la gloire des anciens temps et une récompense vivante de services rendus à l'Etat ? Celle
de notre temps sort, à quelques honorables
exceptions près, des honteuses manœuvres de
bourses, des gains équivoques, du commerce,
des bassesses d'antichambres, des ventes de
biens nationaux et souvent de transactions
politiques honteuses ; elle est le produit d'une
tourmente révolutionnaire, de la misère des
temps ; elle porte en elle l'orgueil de l'ancienne
noblesse et la sotte vanité de parvenus ; elle
est enfin l'aristocratie de l'argent. Aussi avide
que ses devanciers de haut parage de priviléges,
de rangs, de titres, d'emplois, elle veut de plus
des monopoles, elle plaide pour l'asservissement
du peuple qu'elle ne se donne pas la peine de
protéger comme le faisaient les anciens seigneurs féodaux. Elle se dresse menaçante et
impose au gouvernement qui la craint et qui
la ménage pour avoir son soutien, qui serait
perfide ou impuissant dans un temps de danger.
Peut-être un jour, en punition de sa faiblesse,
le pouvoir viendra-t-il à vouloir l'affaiblir comme *Louis XI*, à la décimer comme *Richelieu*,
à la combattre comme *Mazarin* dans une nou-

velle guerre de fronde. En attendant le gouvernement s'endort, et peut-être s'applaudit-il d'a-
voir fait de ces hommes d'argent des courtisans
de cour comme *Louis XIV*. Tôt ou tard, il en
portera la peine; un gouvernement, s'il est fort
et prudent, doit passer le niveau sur tous les
rangs après une révolution de 1830.

DES DÉPENSES FOLLES ET DESASTREUSES.

L'équilibre entre les recettes et les dépenses
maintient les gouvernemens en paix en assurant la tranquillité publique. Les folles dépenses, vertiges d'immoralité des mauvais gouvernemens, enfantent les impôts excessifs et les
impôts excessifs produisent les troubles publics,
la misère des peuples et les révolutions.

Mes chers compatriotes, je vous ai montré les
malheurs publics qu'amènent les impôts désastreux, je veux aussi vous montrer que les dépenses folles et exagérées sont aussi désastreuses
que les impôts injustes et arbitraires, et qu'elles
poussent irrésistiblement les peuples aux insur-
rections et aux excès de toutes sortes, car, il faut

le dire, ce ne sont pas les peuples qui font les révolutions, comme des gens irréfléchis ou passionnés veulent bien le croire; ce sont les mauvais gouvernemens et les mauvaises institutions. Le peuple ne s'insurge jamais que par nécessité ou pour se soustraire aux impôts et au despotisme. Quand il a la paix et son avenir assuré, il se tient en repos. Tous les maux qui nous assiégent, en corps de nation, viennent de mauvaises lois, de mauvais gouvernemens, et aussi de ce que, vivant dans le trouble, on ne s'entend plus; que toutes choses ne sont plus à leur place, ni ce qu'elles doivent être : c'est dire que les malheurs publics viennent du désordre.

Si les impôts énormes que nous supportons étaient répartis convenablement et dépensés dans l'intérêt public, nos places fortes seraient en état de défense et nous ne verrions pas des malheureux à nos portes. Ajoutons à cela, mes chers compatriotes, que les mauvais gouvernemens coûtent beaucoup plus cher que les bons, et cela doit être, il faut payer ceux qui font le mal bien plus que ceux qui font le bien. Les séïdes et les sicaires du pouvoir font payer cher leurs mauvaises actions. Un bon gouvernement

paie peu les honnêtes fonctionnaires qu'il emploie parce qu'il y a de l'honneur à le servir et
qu'il n'a pas leur silence à acheter; mais les
mauvais gouvernemens n'ont pour serviteurs
que des complices qu'il faut ménager. Le silence
d'un complice ne peut jamais être payé assez
cher. Tous ces fonctionnaires corrompus, tour à
tour pris, quittés, repris, usés à de méchantes
œuvres, coûtent plus cher, déshonorés et mis au
rebut, que de braves gens en fonctions.

Un gouvernement mal assis augmente outre
mesure le nombre des emplois pour augmenter
celui de ses créatures et organiser un vaste système de corruption qui prête secours à son despotisme; et c'est ainsi que, par des emplois inutiles, richement rétribués, on a toujours un ap-
pat à offrir aux courtisans du pouvoir.

Un bon gouvernement doit savoir reconnaître
et apprécier les services de ces hommes si souples
d'opinions et de volontés, de caractère et de
conscience si élastiques qu'ils veulent être de
tout, se croient propres à tout, se donnent à
tous : matière ductile et maléable qui reçoit l'empreinte de tous les cachets, ils endossent toutes
les livrées et se bariolent de toutes les couleurs, ils
font corps avec tous les pouvoirs, acceptent tou-

tes les dominations; ils votent tour à tour pour
le ministère *Decazes,* pour le ministère *Richelieu,* pour le ministère *Villèle,* pour le ministère
Martignac, et au besoin pour le ministère *Poli-
gnac.* Ils sont toujours à ceux qui donnent ou
qui promettent. Croyez-le, mes chers compatriotes, si ces hommes sans caractère et sans
conscience, qui manifestent devant le pouvoir
une si grande horreur de l'égalité, pouvaient
flatter et séduire Dieu, comme ils auront flatté
et séduit les puissances de ce monde, ils lui demanderaient encore des priviléges; ils voudraient
des places marquées dans le ciel, et ils voudraient
encore y vivre aux dépens des élus.

Si le gouvernement fait circuler notre or dans
des conduits inutiles ou impurs, l'ordre moral
et naturel est interverti, la vie de l'État est attaquée. Cet or, employé en folles dépenses et jeté
à la tête des oisifs de France, découle cependant
de la sueur du peuple et tombe péniblement
goutte à goutte dans les caisses publiques.

Les dépenses superflues sont presque toujours
des dépenses de vanité. S'il y a luxe, embellis-
semens exagérés dans les palais, croyez qu'il y
a ailleurs de misérables chaumières; si des pen-
sions, si des faveurs de toutes sortes sont accor-

dées à des courtisans, croyez que de pauvres soldats, le front sillonné d'honorables cicatrices, languissent dans le besoin ; si des plumes vénales sont à la solde du pouvoir, croyez à la tromperie des gouvernans ; la vérité arrive d'elle-même, il n'est besoin de la payer et on se garde bien de le faire. Si l'argent de l'Etat est employé en frais secrets de police, croyez aux machinations contre la liberté ; croyez que les lois ont perdu leur force morale et que le pays est livré à l'arbitraire. Quand vous verrez un gouvernement vouloir tout faire, se mêler de tout, attirer tout à soi et concentrer en lui tout le pouvoir et toutes les forces de l'État, vous verrez s'opérer dans la tête du gouvernement le même phénomène que celui qui a lieu dans le corps humain quand le sang se porte tout à la tête ; il y a congestion cérébrale, l'équilibre du corps est perdu, il tombe frappé d'apoplexie, et quelquefois d'une apoplexie foudroyante qui le frappe à mort comme nous l'avons vu en 1830.

La modération dans les dépenses de l'Etat tourne au profit de la masse et donne au gouvernement les moyens de faire face aux dépenses imprévues de l'administration dans un temps de malheur. Les exemples ne nous manquent pas

4

pour justifier la sagesse de cette utile et sage prévoyance.

Vous avez vu autrefois la Hollande résister, par des efforts incroyables, à la puissance de *Louis XIV*, si elle a pu le faire, c'est à la simplicité de mœurs et à la tempérance de ses hommes d'Etat, à leurs vertus stoïques, au travail et à l'activité de son peuple qu'elle a dû ce rare bonheur.

Voyez les *États-Unis?* sa prospérité et sa population croissantes viennent de ce qu'il n'y a presque pas un oisif chez eux; de ce que la nation produit plus qu'elle ne consomme et qu'elle trouve dans son activité les moyens de placer ses produits.

On a vu aussi en Angleterre, sous *Cromwell*, quelle a été la puissance de ce royaume sous son administration ferme et économe.

Avant la Révolution de 1789, en France, la cour absorbait la plus grande partie des revenus publics. Le roi avait le pouvoir d'user et d'abuser de toutes les ressources financières du royaume. Croiriez-vous, mes chers concitoyens, que le château de Versailles a coûté plus de cent millions. Le rocher de ce palais a coûté à lui seul trois millions. Les maîtresses *de Louis XIV* ont dévoré des sommes immenses. Mademoiselle de *Fontanges*, l'une d'elles, recevait trois cent mille francs par mois. Jugez de ce qu'ont dû dépenser *les Lavallière, les Montespan, les Maintenon....* Toutefois il faut reconnaître que, sous le despotisme brillant de ce grand roi, il y avait de la majesté et de la grandeur. Sous *Louis XV*, son successeur, on ne vit plus que prostitution, ignominie, cynisme dans la débauche ; on évalue à 35 millions de francs les sommes que *la Dubarry* a coûté à la France, tant pour elle que pour son entourrage. Nous passerons ici sous silence *les Châteauroux, les Pompadour* et autres débardeuses royales ; les folles dépenses s'étendaient à tout sous ce règne honteux. Une représentation de *Castor et Pollux* coûta un million ; un voyage à *Fontainebleau* coûta deux millions, et au dire de madame *Dubarry*, chose incroyable ! le Parc aux Cerfs de *Louis XV*, ce harem de ses plaisirs honteux et secrets, cette maison de tolérance qu'un roi très chrétien imposait à la France, coûtait cinq millions par an, et pendant trente-quatre ans qu'elle a durée, elle a dû coûter 150 millions à la France. Arrêtons-nous, c'est assez. Vous voyez maintenant, mes chers compatriotes, quelles conséquences ont dû avoir des dilapidations aussi énormes sur nos destinées. Aussi *Mirabeau*, qui savait bien que *le déficit* dans les finances ouvrait la tranchée aux révolutionnaires pour détruire la monarchie, s'écriait à la tribune : « La constitution » est à l'enchère, c'est le déficit qui est le trésor » de l'État et le germe de la liberté. »

Une mauvaise administration des finances, des impôts exagérés, des dépenses folles, ne sont pas les seuls fléaux qui frappent une nation. *Les déficits* amènent les emprunts et les rendent inévitables, et il faut le dire ; c'est la plus déplorable et la plus immorale des dépenses, ceux qui en profitent, presque tous gorgés d'or, n'ont besoin de rien. M. *Destutt de Tracy*, notre célèbre économiste, nous a dit : « Les gouverne- » mens ont-ils le droit de grever des hommes » qui n'existent pas encore, et de les obliger de » payer leurs dépenses actuelles ? »

Ce savant idéologue n'a-t-il pas raison ? Un gouvernement qui emprunte ou qui crée des rentes, impose ses dettes aux générations à venir ; il grève le présent et l'avenir et il marche à sa ruine, puisqu'il consomme ou qu'il a déjà consommé tout ce qu'il emprunte sans rien produire, au lieu qu'un particulier emprunte souvent pour augmenter la valeur de son fonds, ou pour accroître son industrie.

Emprunts, caisses d'escompte, banques, caisses d'amortissement, compagnies privilégiées, sont aussi radicalement vicieux. Les systèmes de crédits supplémentaires, vrais déficits annuels qui ont lieu en violation de la loi et qui sont des empiétemens sur les droits de la chambre, sont aussi des mesures désastreuses.

Mes chers compatriotes, nous trouvons aussi une cause de grandes perturbations dans les états où l'on voit surgir d'immenses fortunes qui, à peu d'exceptions près de celles formées à titres héréditaires, sont amassées aux dépens du trésor public, des prodigalités des cours et des dilapidations de toutes sortes. Nous avons vu en France, peu avant la Révolution, une certaine famille de cour recevoir dix-huit cent mille francs par an des bienfaits de la couronne; on voyait aussi, à cette époque, des prélats, des abbés de cour, venir de tous les côtés de la France afficher à Paris un luxe de grand seigneur et y vivre somptueusement d'une vie de désordre. Ces temps, nous devons le croire, ne reviendront pas. La Providence a brisé ces grandes fortunes de courtisans et tari la source des faveurs de cour. La loi a établi l'égalité dans les partages, la société s'en trouve mieux. Nous ne verrons plus un cardinal *Mazarin* laisser à sa mort cinquante millions de fortune ; un *Fouquet*, surintendant des finances, afficher le luxe et les dépenses d'un prince. Le règne des favoris a passé en France et ne se reverra de longtemps. L'Espagne ne reverra plus, tant que son gouvernement sera constitutionnel, un *Godoï*, dit Prince de la Paix, favori d'une reine, amasser des richesses si grandes en diamans, lingots d'or, mobilier et possessions, qu'elles ont été évaluées, à sa chûte, cinq cent millions tournois. En Russie même, pays d'autocratie, on ne reverra plus sans doute *un Potemkin*, favori de la souveraine, laisser une succession de 175 millions, tant en argent, qu'en palais et mobilier. Nous ne verrons plus en France, si nous savons rester constitutionnels, des favoris et des favorites ; notre législation et nos mœurs nouvelles s'y opposent. Nos rois ne puisent plus dans le trésor public et les listes civiles sont économes. C'est à nos législateurs qu'il appartient de veiller aux dépenses ; qu'ils poursuivent les dépenses d'orgueil, de vanité, de caprice, d'ostentation, de corruptions, de concessions lâches ou intéressées ; qu'ils poursuivent surtout ces dépenses secrètes, alimens de fraudes et de corruptions : ce sont presque toujours des immondices sur lesquelles on jette des voiles d'or ; on ne cache d'ordinaire que ce qu'il serait honteux de montrer.

Le gouvernement doit s'attacher à faire participer le plus grand nombre d'individus aux dépenses de l'Etat. Pour être prolifique, la dépense doit être divisée et morcelée comme l'argent, le travail, la propriété, les lumières.

Mes chers compatriotes, n'est-il pas évident et ne vous est-il pas démontré que si la France héritait des successions au-delà du troisième degré, la source de tous les maux publics et particuliers serait tarie pour toujours.

INCONVÉNIENS.

Il est dans la destinée des idées nouvelles et des meilleures choses d'être méconnues à leur naissance et d'être combattues; il faut s'y attendre et se résigner. Le principal inconvénient de notre projet est l'innovation; on n'accepte pas une chose nouvelle sans contestation, les détracteurs sont toujours là pour vous dire : erreur, utopie. Vous voulez arrêter, nous diront-ils, le cours des successions et porter atteinte à un ordre de choses qui a, comme toutes les choses de ce monde, ses avantages et ses inconvéniens. On peut répondre à cela : sans doute cette succession dont le propriétaire n'a pas disposé en son vivant, peut être enlevée à quelqu'un qui se dit de la famille, et qui est souvent un parent inconnu qui n'y comptait pas ; mais ce membre éloigné de la famille n'y avait qu'un droit éventuel, souvent contestable, et il ne devait pas y prétendre à juste titre, puisque le don ne lui en avait pas été fait ; par notre projet, il faudra donner de son vivant, et cette nécessité réveillera dans les âmes froides et égoïstes l'amour de ses semblables. Les cœurs sensibles se tiendront pour avertis. L'avare voudra disposer de ce qu'il possède, et son égoïsme fera l'office de la bienfaisance. Mais vous allez, nous dira-t-on encore, porter atteinte à un code civil consacré, détruire des espérances, souffler sur des illusions qui font le charme de la vie. Eh bien, que sont ces inconvéniens en présence des bienfaits sans nombre qui doivent se répandre et, pour ainsi dire, inonder la France.

O vous tous qui souffrez ! venez ici plaider votre cause ; venez, hommes de la misère, vous, vieillards infirmes et souffrans, vous, orphelins délaissés qui demandez un père, et vous tous qui demandez secours à la patrie, qui tendez les bras à la richesse dédaigneuse et insouciante, demandez à ces heureux de la terre, à ces hommes d'État orgueilleux, à ces législateurs de circonstance ce qu'ils entendent faire de vous, et s'ils y ont jamais pensé sérieusement ; demandez leur où est votre place dans les lois de faveur ; on y a réglé les formes de la propriété, les intérêts des riches, mais le pauvre n'est pour rien dans tout cela, on l'a mis en dehors. On a bien fondé pour vous quelques hospices, mais plus encore de prisons ; on trouve plus facile de réprimer les écarts de la misère que de les prévenir par la charité et les bienfaits ; le pouvoir aime mieux faire de la force que de la charité ; son orgueil s'y complait et c'est plus facile. O vous qui gouvernez, n'oubliez jamais que la plus nombreuse partie des hommes ne fut point appelée à la confection des lois ; que, condamnée à un travail continuel, elle ne participe point aux lumières qui se répandent, en sorte que sa faiblesse et son délaissement réclament sans cesse votre tutelle. Ceux qui ont une part aux biens de la terre, ne vous demanderont que liberté et justice. Ceux qui n'ont rien ont besoin de votre humanité, de votre compassion, de lois politiques enfin, qui tempèrent la force de la propriété.

Mes chers concitoyens, rappelons les gouvernans à leurs devoirs et frappons sur le cœur des riches pour l'attendrir. Ce que j'ai dit des insoucians et des égoïstes, je le dis de moi comme je le dis de tous, les hommes sont ainsi faits ; il faut les forcer à faire le bien, et ce que les hommes ne veulent ou ne peuvent pas faire, c'est aux lois à y pourvoir. Les hommes comme les sociétés n'ont de valeur et d'avenir que par de bonnes institutions.

On pourrait nous dire aussi que l'exécution de ce projet concentrerait une bonne portion des propriétés du royaume dans le domaine de l'État, et que le gouvernement pourrait en abuser. A cela on peut répondre, que lorsque l'État sera trop riche en propriétés, il pourra, en vertu d'une loi, vendre une partie de ces biens pour les remettre dans la circulation de la petite famille, et avec le prix des ventes, il paiera les dettes de l'État, et il se trouvera en position de faire face aux nécessités des temps les plus malheureux. Tant que nous aurons un bon corps législatif qui veillera sur les intérêts de la nation, nous n'aurons rien à craindre de notre gouvernement.

L'ÉTAT HÉRITIER

ET CAPITALISTE.

———

Les grandes banques ne réalisent pas leur mission, qui est de prévenir les crises commerciales et politiques par de grandes distributions d'argent. Elles se trouvent organisées dans l'intérêt seul des capitalistes, tandis qu'elles devraient l'être dans l'intérêt du pays et de son gouvernement. Il est donc désirable et urgent que l'État soit grand capitaliste, et l'héritier de la petite famille au-delà du troisième degré, lorsque les véritables liens de parenté sont rompus.

M. de Tracy trouve comme nous qu'il est avantageux que le gouvernement soit un très-gros propriétaire, parce que, dit-il, « les bois » de haute futaie, les grosses fermes gagnent » entre ses mains, et qu'il est à portée de con-

» naître les intérêts et les ressources des diver-
» ses localités, et s'il est sage et bienfaisant, il
» peut répandre des lumières utiles. »

Le gouvernement de France héritier, serait le plus grand capitaliste du monde. Avec des Français et de l'argent, on pourrait faire face à toutes les éventualités dans la paix comme dans la guerre ; une fois sa caisse garnie, l'État n'aurait besoin ni de faire des emprunts, ni de demander des crédits supplémentaires, ni de banques, ni de caisse d'amortissement, ni de bourse ; il rembourserait sa dette, ce qu'il ne pourra jamais faire autrement, il a assez à faire d'obtenir le paiement de ses dépenses annuelles.

L'État héritier pouvant, avec le temps, capitaliser une somme immense, serait à même d'être le banquier général des grandes entreprises et des grandes industries qui mériteraient d'être secourues. Conservateur de la fortune publique et bienfaiteur prodigue, il pourrait venir en aide, avec garantie, aux besoins individuels qui mériteraient d'être soulagés, nous ne ferions plus des emprunts sur nous-mêmes qui surchargent notre avenir. Le gouffre ouvert à toutes les folles ambitions, à l'avidité financière, aux spéculations désordonnées serait fermé à jamais. La caisse d'amortissement n'aurait plus son emploi, les banques cesseraient leurs fonctions, et ce palais de la Bourse, ce brillant cercueil des folles illusions, ce vaste ossuaire des espérances trompées, des fortunes d'un jour, enfin, ce palais magnifique qui recèle chaque jour mensonges, ruses, ruine et misère, serait fermé aux passions ambitieuses comme le temple de *Janus* à la guerre. Placé au centre de Paris et de la civilisation du monde, fermé à jamais aux faux dieux de la fortune et à ses indignes adorateurs, il se rouvrirait majestueux et sublime au véritable culte, à l'adoration du vrai Dieu. Il serait inscrit au front de ce nouveau temple :

Deus solus altissimus !

INVOCATION A DIEU.

O vous qui êtes parce que vous avez toujours été, sublime, immense dans votre pouvoir comme dans votre bonté : ô mon Dieu ! suprême créateur des mondes qui peuplent les cieux et nagent dans l'immensité, être infini, seul nécessaire et seul immuable ; amour universel des êtres, vous qui embrassez dans votre immense bonté toutes les créatures humaines, portez les rayons de votre amour dans le cœur des âmes pieuses et des puissans de la terre, pénétrez leur âme du feu sacré de charité qui anima *saint Vincent-de-Paule* et les humanistes de tous les temps et de tous les pays. Illuminez-les de cette pensée féconde et consolante que, dans la charité envers ses semblables, se trouvent la gloire et le bonheur de l'homme ; que les joies mondaines que nos corps nous auront données, éphémères et souvent criminelles, tomberont avec

notre poussière dans le tombeau sans retour,
mais que les joies célestes que donnent les actions vertueuses ne mourront pas plus que notre
âme et qu'elles lui serviront de cortége jusques
aux portes de votre éternité.

PAUVRES.

Mes chers compatriotes ;

La pauvreté est une fange sur laquelle croissent naturellement les vices : les besoins du corps affaiblissent les ressorts de l'âme; et quant à la pauvreté se joint la fainéantise, on voit éclore les vices les plus funestes. C'est en effet parmi les ouvriers paresseux que l'on trouve les passions les plus contraires au maintien de l'ordre public. L'artisan laborieux est toujours l'ami de l'ordre. Pour détruire la pauvreté, le gouvernement doit attacher celui qui n'a rien à la terre, à une industrie quelconque, et si le pauvre ne peut plus travailler, il doit le nourrir. Mais une chose triste à dire et bien déplorable, qui doit faire rougir l'humanité, c'est de voir entrer la misère des pauvres dans les calculs humains. Les gouvernemens, pour la plupart, veulent des pauvres de biens comme les prêtres veulent des pauvres d'esprit. Les uns se vendent et on les achète ; les autres croient, ils se soumettent et on en dispose. Le clergé espagnol a de tout temps nourri les pauvres dans le but d'entretenir la pauvreté. Ainsi font en Angleterre les grands seigneurs terriens qui veulent, dans l'intérêt de leur domination et de leur orgueil, entretenir la misère autour d'eux : ainsi dans toute la terre l'humiliation des pauvres et leur bassesse flatteuse ont réjoui l'orgueil des riches et des puissans de ce monde ; et cependant les véritables intérêts du pauvre sont toujours conformes à l'intérêt général. Le pauvre aurait intérêt plus que le riche à ce que la propriété fût respectée ; c'est la propriété et le propriétaire qui le font vivre. La société elle-même a le plus puissant intérêt, pour sa conservation, de fournir du travail aux pauvres, n'est-ce pas les pauvres qui sont, pour le plus grand nombre, les instrumens de toutes les factions ; et dans les guerres intestines des États, ne se sont-ils pas mis toujours à la solde des chefs de partis, et n'ont-ils pas toujours été les fauteurs naturels des troubles et des désolations ?

On a bien, depuis notre grande révolution et même sous l'ancien régime, fait des efforts pour combattre le paupérisme; ces tentatives furent stériles, tous les efforts furent vains, les exactions du pouvoir multipliaient le nombre des indigens, et ce n'était pas en les frappant de peines sévères ou en leur distribuant de vains secours que l'on pouvait détruire ou diminuer l'indigence. Voyez en Angleterre, dans ces derniers temps, le gouvernement anglais, voyant augmenter le nombre des pauvres et ne trouvant plus la taxe suffisante pour les nourrir, on se mit à faire la guerre à ces misérables, le ministère anglais trouvait plus facile de les tuer que de les nourrir.

La France même n'a-t-elle pas à se reprocher des excès semblables. Au 18e siècle, en 1767, le pouvoir n'avait-il pas fait arrêter en France cinquante mille mendians qu'il eut le triste courage de livrer à la juridiction prévotale? Ainsi, jusqu'à ce jour, on a plus cherché à se débarrasser des pauvres qu'à les soulager.

L'Assemblée constituante prépara de vastes projets pour soulager les indigens, mais elle n'eut pas le temps de les appliquer.

La Convention compléta ces projets et en décréta l'exécution. Ces décrets furent emportés par les tempêtes publiques; ce qui a été fait ou imaginé depuis cette époque pour la réduction du paupérisme, n'est pas bien considérable, il fallait l'attaquer dans ses causes et dans ses effets.

M. *Buret* nous fournit un article précieux et plein de sens en nous rendant compte de l'ouvrage de M. *Frégier*, chef de bureau à la Préfecture de la Seine, intitulé : *Des classes dangereuses de la population dans les grandes villes*, etc. « Des esprits éclairés, des âmes
» humaines et généreuses, nous a-t-il dit, ont
» cherché les moyens de combattre les classes
» dangereuses de la société dans les grandes
» villes et des moyens de les rendre meilleures.
» M. *Frégier* porte à 30,072 individus le con-
» tingent de la population immonde de Paris,
» de celle qui vit aux dépens du corps social,
» qui trafique du vice et pour laquelle le crime
» est une industrie... L'auteur évalue à 17,000
» le nombre des ouvriers parisiens qui poussent
» l'intempérance jusqu'à l'abrutissement... L'au-
» teur porte à 1,500 le nombre des jeunes va-
» gabonds qui ne reçoivent à Paris d'autre édu-
» cation que celle de la rue et ne se préparent
» d'autre moyen d'existence que la filouterie et
» le vol... Dans notre pensée, dit M. *Buret*, l'a-

» mélioration de la condition morale des classes
» ouvrières ne peut pas être séparée de l'amé-
» lioration de leur condition économique; et
» c'est précisément ce qui rend le problème si
» difficile à résoudre, les efforts les plus géné-
» reux de la philantropie, le dévouement même
» de la charité seront impuissans contre le vice
» et la misère, tant qu'on n'aura pas découvert
» et appliqué une organisation du travail qui,
» tout en satisfaisant les intérêts de l'entrepre-
» neur et du capitaliste, encourage le travail-
» leur salarié en lui donnant, pour prix de ses
» labeurs, sinon l'aisance, du moins plus de sé-
» curité et plus d'espoir... L'auteur, dit encore
» M. *Buret,* ne propose, pour améliorer cette
» race de malheureux qu'il a su si bien nous
» peindre, que des moyens insuffisans. »

Je ne finirai pas cette notice abrégée de M. *Buret,* sans remercier, au nom de l'humanité reconnaissante, cet auteur, de nous avoir donné son excellent livre *Sur la misère des classes laborieuses en Angleterre et en France.* Cette œuvre très distinguée est d'une belle âme et d'un bon Français.

Vous le voyez, mes chers compatriotes, il doit nous paraître évident que les hospices et tous les établissemens de charité ne pourront jamais suffire à tous les besoins, et que les âmes charitables verront leurs secours insuffisans; les taxes des pauvres, les sociétés de prévoyance, la bienfaisance privée et la bienfaisance publique, en l'état actuel et dans leurs moyens, ne peuvent qu'adoucir toutes les misères, mais ne pourront jamais les détruire. Jusqu'à ce jour, l'argent a toujours manqué pour former et consolider les établissemens de charité, et, il faut le dire, pour en former de bons, les hospices créent des malades, les distributions créent des mendians, la taxe des pauvres, en Angleterre, créent des pauvres. Il n'y a qu'une administration générale hospitalière en France qui enrégimenterait les vrais et bons pauvres et repousserait légalement les mauvais qui puisse atteindre le but désiré et vaincre toutes les difficultés. Il est bien démontré que l'argent est la chose essentielle et virtuelle qui a manqué jusqu'à ce jour au succès et à la complète organisation des hospices ainsi qu'à toutes les fondations pieuses qu'on a instituées. Le gouvernement seul, grand capitaliste, peut réaliser le problème. En lui se trouvent réunies la volonté, la puissance, l'unité et la persévérance.

Le gouvernement embrasserait, dans son en-
semble et dans son immensité, tous les établissemens de charité, il les régirait par les mêmes
lois, établirait pour tous la même hygiène, les
mêmes réglemens d'administration, la même ré-
gularité dans le service, tant physique que moral. Le travail des enfans, les ateliers de famille,
les colonies agricoles, les populations manufac-
turières, la race des ouvriers, les compagnona-
ges, les salles d'asiles, enfin tous les hospices et
tous ceux qui demandent secours et protection,
seraient sous la main du pouvoir et régis par la
grande administration de charité.

Le gouvernement pourrait aussi établir des
maisons hospitalières qui donneraient asile,
pour un temps donné, aux pauvres voyageurs,
aux infirmes de passage, comme on le voit en
certains pays de l'Europe. On trouve cette institution bienfaisante chez des peuples peu civili-
sés, en Egypte, en Arabie, et même chez des
peuples idolâtres qui suivent, il faut bien le
croire, l'instinct de la nature, ce sentiment de
bienveillance, souvent bien faible, mais qui ne
meurt jamais dans le cœur de l'homme. La société serait bien malheureuse si Dieu n'avait
donné à l'homme la conscience du bien, et n'eût

attaché aux actions charitables la jouissance la plus grande qu'il puisse goûter, parce qu'elle est la plus pure qu'il puisse éprouver.

Mes chers concitoyens, il faut le reconnaître, on ne doit l'esprit de charité et les établissemens de bienfaisance qu'à l'amour de Dieu : c'est un rayon de sa divinité qui le fait éclore. Nous ne vivons que par Dieu et pour Dieu, celui qui porte secours à son semblable a sa part de l'œuvre céleste, et ce n'est pas en vain que la terre produit des pauvres. L'Evangile nous l'a dit : *Il y aura toujours des pauvres parmi vous,* Dieu le veut ainsi pour exercer notre charité et donner un saint écoulement aux sentimens tendres dont il a mis le germe dans nos cœurs.

Oui, mes chers compatriotes, il y aura toujours des pauvres. Quelque effort que l'on puisse faire pour parvenir à l'égalité de fortune entre les hommes, il sera toujours impossible d'opérer ce miracle. N'a-t-on pas essayé divers systèmes de lois agraires dans plusieurs États de l'antiquité? Le principe d'inégalité qui est dans la nature, en a toujours renversé l'économie; *le jubilé,* qui était une loi agraire puisqu'il avait pour principal objet de rétablir chaque fois l'ancien partage des terres, fut toujours impuissant, parce qu'il était un crime et contre nature. Puisque nous ne pouvons détruire l'inégalité des fortunes, cherchons à détruire le vice qui s'oppose le plus à la charité publique : *l'égoïsme*, le vice le plus commun et il doit l'être, il est inné dans l'homme, il est pétri avec lui, il est dans son organisation ; il est même un instinct avant d'être un vice. Les enfans en ont la naïveté, et l'homme qui s'efforce de le combattre, en fait néanmoins la base de presque toutes ses actions.

L'égoïsme, quand il n'est que l'amour de soi, et qu'il ne s'exerce que dans une juste mesure, est le conservateur de l'espèce, des intérêts matériels et de l'ordre général ; il devient destructeur quand il s'exerce aux dépens de l'humanité. Si *l'égoïsme* est le vice le plus commun, la vertu la plus rare est *la charité*. Ce renoncement à soi-même pour s'occuper de ses semblables ; cette vertu expansive de tendresse de cœur, qui fait du soulagement des misères humaines sa chose, son affaire la plus chère, est une émanation céleste et l'un des bienfaits les plus précieux que le Créateur a répandu avec tant de largesse sur toute la nature ; elle ressort de l'ordre qu'il a établi et forme un des anneaux de cette admirable chaîne de l'harmonie universelle.

L'action la plus belle que l'homme puisse faire, et la plus agréable à Dieu, est de soulager l'humanité dans toutes ses misères. Pour une œuvre si belle, demandons le secours et les tendres inspirations de la plus belle moitié du genre humain, de la compagne de l'homme, de celle qui est l'ornement de sa vie, qui fait son bonheur et sa gloire. Le servir, lui plaire et le consoler est votre lot, Mesdames. Ce n'est pas vous qui faites les bonnes lois, mais c'est vous qui les inspirez; vous n'avez pas la force, mais c'est vous qui la donnez. Tout ce qu'il y a de bonté dans le cœur de l'homme vient de vous; si Dieu, dans le mystère de la création et dans sa divine prévoyance, n'eût fait éclore l'homme dans votre sein; s'il n'était nourri de votre sang et de votre lait; si son cœur ne s'était attendri dans vos étreintes maternelles, il n'aurait ni bonté, ni affections, ni joies dans ce monde, il ne serait qu'un sauvage, qu'un être de force et de brutalité. Vos défauts viennent presque tous de nous, et vos vertus viennent de votre organisation, de votre cœur naturellement tendre et compatissant: elles viennent du ciel. O femmes, je vous convie à une sainte et grande œuvre; venez à notre aide pour opérer une grande mission de charité. Voyez en Angleterre, en France, en Amérique toutes ces associations se former pour le perfectionnement des diverses branches de l'éducation, pour l'amélioration morale des prisonniers, pour le traitement rationnel des aliénés, pour la réforme de l'intempérance, la création des salles d'asile pour la première enfance, etc. ; et quand les peuples surgissent de cœur et marchent à la régénération sociale, nous, Français, resterions-nous impassibles et stationnaires ?

Appelons comme étendards de misère et de détresse tous les malheureux de la France, les malades, les vieillards infirmes, les incurables, les orphelins, les aveugles, les insensés, les prisonniers et tous les héroïques débris de nos armées victorieuses. N'oublions pas ces pauvres enfans de fabriques ; ces enfans de hasard et de misère, que la débauche a souvent laissés sur sa route, instrumens de peines à l'usage de leurs pères ; race éphémère, étiolée, languissante, à qui on ne donne pas le temps d'apprendre à lire, à se connaître, à croire en Dieu, et dont les faibles corps qui commencent à se former, se décomposent avant d'être composés. Ce ne sont, comme on le voit, ni des hommes de partis, ni

des hommes à systèmes, ni des égoïstes au cœur
sec; ils ne sont, les malheureux, ni de la gauche
ni de la droite. Pour plaider leur cause ils n'ont
pas l'éloquence de la tribune, les subtilités du
langage, ils ont mieux que cela, ils ont l'éloquence de la misère, le cri de la douleur, le désespoir d'un état incurable, le repentir du coupable, l'héroïsme malheureux et la voix sacrée
de l'humanité souffrante de mille douleurs;
heureux de la terre, vous ne resterez pas insen-
sibles, vous ne fermerez ni vos yeux ni vos
oreilles.

O vous! bienfaiteurs des hommes de tous les
temps, de tous les pays! vous, que Dieu a en-
voyés sur la terre dans sa miséricorde, comme
des anges consolateurs, au secours des malheureux et pour adoucir les maux que le roulis des
misères humaines laisse sur son douloureux et
sanglant passage, inspirez-nous, je vous adjure,
anges de paix et de bénédictions. Plus que les
conquérans, ravageurs de la terre, vous êtes
restés dans la mémoire des hommes avec honneur et avec gloire. Tout passe dans ce monde,
hors le bien qui reste comme un gage de Dieu
et comme de nouvelles semences de la civilisation qui doit accomplir l'œuvre de la toute puissance.

O vous, *Beccaria*, véritable ami des hommes, qui avez, par amour de la justice, tendu la main aux criminels dont vous avez si admirablement gradué les peines pour l'instruction des rois et une plus humaine distribution de la justice !

Vous, *Lamoignon de Malesherbes*, philosophe de cœur et l'un des plus sages ministres ; votre vie austère fut consacrée au bien et vous deviez couronner cette admirable vie par une mort sublime que vous méritâtes en défendant un roi malheureux !

Vous, l'un des plus vénérables bienfaiteurs de l'humanité, *abbé de l'Epée*, fondateur des sourds et muets, qui venez tout récemment, quoiqu'un peu tard, de recevoir un modeste monument dans l'église de St-Roch !

Vous, bienfaisant abbé *Caron*, humble prêtre breton, fuyant les grandeurs et les vanités humaines, votre vie fut toute de bienfaisance ; les établissemens de charité que vous élevâtes, tant en France qu'en Angleterre, vous assurent à jamais la reconnaissance des belles âmes ainsi qu'une place durable dans l'œuvre d'un illustre poète.

Vous, vénérable duc de *Charost-Béthune*, digne descendant de *Sully*, le Berri et la Bretagne sont remplis de vos bienfaits et célèbrent vos bonnes actions. Les malheureuses femmes en couche comme les orphelins; les agriculteurs et les pauvres écoliers dont vous avez fait des hommes utiles et souvent célèbres, assurent à votre mémoire une durée glorieuse.

Et vous, dont la vie entière fut consacrée à l'humanité, *duc de la Rochefoucauld - Liancourt*, qu'il faut placer à l'un des premiers rangs des bienfaiteurs de l'humanité. Le bienfait de *la vaccine* sortit de votre château *et l'enseignement mutuel* y prit aussi naissance.

Je n'oublierai pas l'une des gloires de la charité chrétienne, *notre saint Vincent-de-Paule*, de glorieuse et sainte mémoire, prêtre humble du bon Dieu, dont l'esprit de charité a rempli toute la vie. Hospices, maisons de secours et d'enfans trouvés, s'élevèrent comme par enchantement au gré de ses désirs, non de ses deniers, le bon prêtre était pauvre, mais l'ardeur de son zèle chrétien savait réveiller les consciences endormies et sa parole puissante allait fouiller l'aumône jusque dans le fond des cœurs.

J'appellerai aussi à notre souvenir le baron de *d'Alberg*, archevêque et grand-duc, les *Howart*, les *Owen*, *Thomas Paque*, **M.** *de Monthion*, qui récompense encore chaque année après sa mort les bonnes actions au sein de l'Institut de France.

J'offre avec confiance mon projet au roi des Français. Le cœur d'un roi doit être le sanctuaire de la bonté et de la justice. Dispensateur des bienfaits de la France, emblème vivant de toute justice, de votre trône doivent sortir comme de leur source le bonheur, la gloire, l'honneur et la prospérité de la France. Tout ce qui est bien est dans votre cœur, tout ce qui est juste est votre loi. Sire, votre tâche est grande, mais la gloire de faire le bonheur de la France est plus grande encore. La couronne que vous portez est encore chargée des erreurs et des iniquités des derniers gouvernemens, des fautes de vos ancêtres ; elle est encore entachée de la rouille de la féodalité, de l'égoïsme de la fidélité. Vous avez encore à vous défendre de ces anciens courtisans de cour, qui s'attachent aux rois pour en vivre, gens ser- viles à la cour, hautains partout ailleurs ; vam- pires des monarchies qui succombent sous leurs étreintes. Sire, nous ne verrons plus sans doute ce temps où ces hommes de cour s'engraissaient mollement de la sueur des peuples ; de ces temps désastreux où le sang suait l'argent par les meurtres et les confiscations, comme nous l'avons vu en France, en 1793, comme plus tard nous l'avons vu à Rome, à Modène, en Pologne, en Russie, en Espagne, en Portugal et dans tous les États despotiques. Sire, abattez aussi ces impôts odieux qui accablent et humilient les peuples; inventions de tortures fiscales, conceptions hideuses d'avidité qui font jouer à un ministre des finances le rôle honteux d'un chevalier d'industrie qui fait argent de toutes mains et de toutes choses.

Et vous, ô ma belle patrie! si héroïque, si glorieuse, si belle d'intelligence, si grande de souvenir, je jette ma pensée dans votre sein comme on jette un germe dans une terre amoureuse, impatiente de produire. Français, nourrissez-là, cette pensée si féconde et si chargée de bonheur; qu'elle prenne dans vos cœurs de profondes racines et qu'elle en sorte un jour, comme la voix d'un grand peuple, retentissante et victorieuse. En vous est la force, en vous est (le trône vacant), la volonté et la toute puissance. Vous avez déjà ressaisi vos droits trop longtemps usurpés; les droits imprescriptibles de l'homme; la liberté que vous tenez de Dieu et l'égalité qui vous vient de la loi. Vous avez brisé sur la tête d'un roi parjure le sceptre du despotisme, et vous avez, au bruit de votre tonnerre, déchiré aux yeux des nations qui vous contemplent, ce contrat de droit divin, mensonge impie, superstition honteuse des peuples qui donna si longtemps des forces à la tyrannie et des chaînes à la servitude. Vous venez de signer, de votre sang, un nouveau contrat d'assurance mutuelle, qui garantit le roi à son peuple et le peuple à son roi : contrat de justice, d'amour et de raison, qui dit que l'homme s'appartient et n'appartient à personne; qui dit que le beau royaume de France n'est plus qu'une grande famille dont le roi est le père, mais le père adoptif; que le roi ne peut régner que par les lois et pour le peuple, et si jamais, ce qu'à Dieu ne plaise, cette charte sinallagmatique qui unit le peuple français à une auguste famille était un jour violée, peuple, je t'en avertis, l'acte est cassé, tu rentres dans tes droits, tu redeviens le maître; ne l'oublie pas : l'insurrection est un droit inaliénable des peuples trompés; veille sur toi? Quand la liberté se laisse endormir, elle se trouve enchaînée quand elle se réveille; veille sur toi? Tous les despotes sont tes

ennemis, et tant que les rois auront des flatteurs
pour courtisans, des hommes corrompus pour
ministres, des ambitieux égoïstes près d'eux, qui
ne veulent et ne savent vivre que de ta subs-
tance; prends garde à toi? Car tu auras à craindre les flatteurs, les mauvais ministres et les
égoïstes puissans tant que les chiens de mer,
avides de chair humaine, suivront nos vaisseaux
sur l'océan, que les loups dévoreront nos brebis
et que les oiseaux de proie feront leur pâture
des faibles oiseaux.

FIN.

TABLE

DES

MATIÈRES.

Adresse aux Français. 1

La France héritière. — Loi sur les successions. . 9

Exécution. . . . . *ib.*

Justification de la loi. 12

Avantages de la loi. — Impôts et dépenses. . . 80

Dépenses folles et désastreuses. 45

Inconvéniens de la loi. 55

L'état héritier et grand capitaliste. 60

Invocation. 63

Pauvres. 65